Franklin se pierde

Para Wesley –PB
Mi agradecimiento a Lois Keddy y a su familia –BC

Franklin

Franklin is a trade mark of Kids Can Press Ltd.

Spanish translation copyright © 2000 by Lectorum Publications, Inc.

Originally published in English by Kids Can Press under the title

FRANKLIN IS LOST

Text copyright © 1992 by Paulette Bourgeois

Illustrations copyright © 1992 by Brenda Clark

1-880507-70-6

Printed in Hong Kong

10 9 8 7 6 5 4 3 2 1

Library of Congress Cataloging-in-Publication Data
Bourgeois, Paulette
    [Franklin is lost. Spanish]
    Franklin se pierde / por Paulette Bourgeois ; ilustrado por Brenda Clark ; traducido por Alejandra López Varela.
        p. cm.
        Summary: Franklin wanders off while playing hide and seek with his friends.
        ISBN 1-880507-70-6 (pbk.)
        [1. Turtles-Fiction.   2. Lost children-Fiction.   3.Hide-and-seek-Fiction. 4. Spanish language materials.]   I. Title II. Clark, Brenda, ill. III. López Varela, Alejandra.

        PZ73.B6443   2000
        [E] 21–dc2199-040296   99-040296

Franklin se pierde

Por Paulette Bourgeois
Ilustrado por Brenda Clark
Traducido por Alejandra López Varela

Lectorum Publications, Inc.

FRANKLIN podía deslizarse en el agua desde la orilla del río. Sabía contar hacia adelante y hacia atrás. Era capaz de subirse y bajarse el zíper y abrocharse los botones de la chaqueta. Incluso podía ir solo hasta la casa de Oso. Pero a Franklin no lo dejaban ir al bosque solo.

–Voy a jugar a casa de Oso –dijo Franklin una mañana.

–Muy bien –respondió la mamá de Franklin–. Pero regresa a las seis para cenar –y le señaló la hora con las manecillas del reloj. Además, recuerda que no debes ir al bosque solo –le advirtió.

Franklin bajó corriendo por el camino, cruzó el puente y atravesó el campo de zarzas.

Oso, Zorro, Ganso y Nutria ya estaban allí.

—Ya estoy aquí —dijo Franklin sofocado—. ¿A qué juegan?

—Al escondite —gritaron sus amigos—. Y ahora te toca buscar a ti.

Franklin empezó a contar. El escondite era su juego preferido. No era muy rápido pero era muy listo. Sabía que Oso siempre se escondía entre las zarzamoras.

Franklin miró a su alrededor. Vio una pata peluda que daba zarpazos a una rama de zarzamoras.

—Te vi, Oso —gritó.

Franklin divisó plumas y pelo debajo del puente.
—Te vi, Ganso. Te vi, Nutria —gritó.

Ya sólo le faltaba encontrar a Zorro. Franklin caminó de acá para allá. Buscó entre los matorrales y debajo de los troncos. Caminó por el sendero, cruzó el puente y, sin darse cuenta, se metió en el bosque.

Buscó en las madrigueras y alrededor de los árboles. Franklin buscó por todas partes pero no podía encontrar a Zorro.

Zorro no estaba en el bosque. Se había escondido en la casa de Oso. Después de un rato, gritó: −¡A que no me encuentras!

Pero Franklin no podía oírlo. Estaba muy lejos.

−¿Dónde está Franklin? −preguntó Zorro.

Nadie sabía.

Esperaron mucho tiempo. A Oso comenzó a rugirle la tripa. Al final, Ganso dijo:

−Son casi las seis. Seguramente Franklin se fue a su casa a cenar.

−Seguro −dijeron todos, y se marcharon.

En casa de Franklin, el reloj dio las seis. Los papás de Franklin estaban disgustados. Tenían la cena preparada.

A las seis y media, comenzaron a preocuparse y salieron a buscarlo.

El papá gritaba por todo el camino:

—Franklin, ¿dónde estás?

La mamá fue a ver a los amigos de Franklin.
–¿Dónde está Franklin? –preguntó a Oso.

–¿Dónde está Franklin? –preguntó a Nutria y a Ganso.
–¿Dónde está Franklin? –preguntó a Zorro.
Nadie sabía. Ahora ellos también estaban preocupados.

Oscurecía. Franklin dio vueltas y más vueltas. Todos los árboles y las piedras le parecían iguales. No podía encontrar el camino de regreso.

—Estoy perdido —dijo Franklin en voz baja.

No podía recordar por dónde había venido. No sabía hacia dónde ir. Estaba cansado, asustado y solo. Franklin se acurrucó en su pequeño y oscuro caparazón y esperó. Alguien vendría tarde o temprano ¿no?

Vio unas sombras oscuras pasar sobre las piedras.

—¿Quién anda por ahí? —susurró Franklin. Pero nadie respondió porque eran las sombras de las nubes que cruzaban por delante de la luna.

–Uhu, uhu.

–¿Quién anda ahí? –susurró Franklin. Pero nadie respondió. Era Búho, que estaba lejos, muy lejos.

–Shhhh, shhhh.

–¿Quién anda ahí? –susurró Franklin. Pero nadie respondió. Era el viento que soplaba entre los árboles.

Franklin trató de dormir, pero los ruidos no lo dejaban.

Tarareaba una melodía cuando escuchó: −Cric, crac, cric, crac, cric, crac.

−¿Quién anda ahí? −susurró Franklin. Pero nadie respondió.

Entonces, Franklin escuchó un ruido diferente. Parecía que alguien gritaba su nombre.

Volvió a escucharlo.

−¡Aquí estoy! ¡Aquí estoy! −comenzó a gritar Franklin una y otra vez.

CRIC, CRAC, CRIC, CRAC, CRIC, CRAC.
Los papás de Franklin venían por la loma.

—¡Conque estabas aquí! —lo abrazaron con
fuerza y lo besaron.

—Estábamos muy preocupados —dijo su papá.

—Te dije que no fueras al bosque solo –lo regañó
su mamá.

—No lo hice a propósito –gimoteó Franklin–.
Buscaba a Zorro y no me di cuenta.

—Bueno, menos mal que estás sano y salvo
–dijeron sus papás.

Encontraron el sendero de regreso y volvieron a casa. La cena todavía estaba caliente en el horno. Después de comer dos raciones de todo, Franklin tenía algo importante que decir:

–Lo siento. Prometo no ir jamás al bosque solo.

–¿Aunque Zorro se esconda allí? –preguntó su mamá.

–¿Aunque Oso se esconda allí? –preguntó su papá.

–¡Aunque todo el mundo se esconda allí! –aseguró Franklin.

Como hacía ya bastante tiempo que Franklin debía haberse acostado, fue y se acurrucó en su cálido y seguro caparazón.

—Buenas noches, cariño —dijeron sus papás.
Pero nadie respondió porque Franklin se
había dormido profundamente.